Al

La bouche pleine de terre, avachi comme le serait un nouveau-né dormant sur le ventre, Alexis ouvrit un œil dont les cils semblaient lestés de plomb. Il faisait un froid sibérien et pourtant la plaine n'était pas dans une sombre partie de l'Oural, encore moins au Kazakhstan.

Il avait un mal de chien battu qui mordait la moindre partie de ses entrailles. Comme s'il cherchait un autodiagnostic médical, il plia ses doigts engourdis par le froid. Son cerveau lui balança l'information recherchée : « Mec, t'es en vie. Qu'est-ce que tu fous là ? ».

Il hoqueta, toussa, expulsant la moitié de ses bronches hors de son corps d'ado pré pubère. Une mélasse composée de boue, de salive et même d'une bile plus profonde tomba sur le sol.

Alexis Durieux avait 14 ans et n'était pas en avance sur la pilosité. Ses hormones couraient derrière lui comme la tortue après le lièvre et il s'était souvent demandé pourquoi il n'était pas comme Jules qui avait la chance d'avoir une voix d'homme en 5ème. Ça, c'était deux ans plus tôt.

Avant que tout ne bascule.

Son père leur avait tenu un drôle de discours un soir, en rentrant du boulot. Alexis ne le reconnaissait plus depuis quelques lunes. Sa joie de vivre contagieuse l'avait quitté comme un rat quitte la chaloupe trouée. Max ne l'avait pas remarqué, ou pas de la même façon, mais Max n'avait que quatre ans. Quant à sa mère, docile épouse qui suivait les pas du chef depuis qu'il lui avait passé un anneau doré, elle semblait être tombée dans un anonymat de vie qui frôlait l'autisme par endroits.

Les propos avaient été d'une telle confusion qu'Alexis avait harcelé son père pour comprendre ce qu'il leur racontait. Dans leur salon, au milieu d'un pavillon de banlieue parisienne, la scène était étrange. Sa mère avait les fesses assises au bord du canapé. Alexis s'était dit qu'un mouvement de plus et elle tomberait le pif dans la moquette. Son frère pianotait sur un synthétiseur pour enfants et cela tapait sur les nerfs de son père qui, fait rare, l'avait menacé plusieurs fois de lui donner une correction cul nul s'il le fallait.

—Nous devons quitter la maison, disait Pierre à sa famille. Nous allons rejoindre des amis.

Alexis avait posé mille questions, dont la centrale consistait à se plaindre du fait qu'il allait devoir laisser ses camarades et quitter une région qu'il appréciait. La réponse de son père se limitait à un geste de la main. Cette putain de main, ce soir-là, Alexis se souvenait avoir eu envie de l'amputer. On ne t'impose pas comme ça un reset de vie.

Try again.

Top, le jeu vidéo.

Sa mère n'avait pipé mot, comme souvent. Elle lissait de sa main droite sa jupe fadoche, ses cheveux dissimulant son visage mais Alexis savait que ça l'arrangeait bien qu'on ne la voit pas. Ça l'avait toujours arrangée. Alexis aimait sa mère mais ne la respectait guère. Aimer ce n'est pas forcément respecter.

Lui le pensait en tout cas.

Alors ils étaient partis, un mois après, en août 1996. Alors qu'Alexis aurait dû intégrer le collège, comme tous les ans, il ne se présenta pas à la rentrée.

Non, ce fut un autre établissement qui l'accueillit.

Alexis mit un coude à terre pour se redresser et sentit un éclair lui traverser l'épiderme, comme un coup de cutter bien placé par un tueur en série. Il vit une goutte de sang perler et glisser le long d'un biceps aussi fin qu'un tube de papier toilette. Son coude était comme arraché. On ne voyait pas l'os mais, en grattant un peu, on ne devait pas être loin. Il eut le réflexe de le tenir dans sa paume de main droite mais cette dernière était lacérée elle aussi et l'abrasion, si elle n'était pas au stade de celle du coude, suffisait à diffuser de petits coups de rasoir dans ses terminaisons nerveuses.

Il tourna la tête dans un mouvement lent et circulaire pour laisser le temps à son cerveau de lui résumer la situation. Les images commencèrent enfin à se mettre en place, l'une après l'autre, dans un macabre film d'épouvante. Il se revit s'enfuir, courir droit devant sans s'arrêter, haletant comme un chien fuyant son maître malveillant.

Il tentait d'échapper à la meute, comme l'appelait le Bienaimé.

Le Bienaimé était le patron de l'établissement. Il était le chef de tout, la source de chaque pensée, le commutateur de réflexion. Il était l'annihilateur du soi pour permettre la jonction aux autres. Le Bienaimé, à l'état civil désuet, Armand Costier, était le fondateur de son propre temple qui devait les mener tous vers le bon côté de la sphère, celui de la résilience et de la rédemption.

Le cerveau d'Alexis avait compris avant tous les autres qu'il était dans un univers où le soi s'abandonne au profit des autres.

S'abandonne....ou se noie, se dévaste, comme une tempête qui arrache le toit d'une maison et n'en laisse que les murs porteurs fendillés de toutes parts.

Un soir qu'il rentrait d'une ballade en solitaire à l'intérieur des murs de la prison, il avait entendu comme un gémissement derrière la porte d'un des innombrables corps de fermes que comportait l'endroit. L'œil rond, vissé derrière l'opercule du trou d'une vieille serrure en laiton, il avait vu sa mère, penchée en avant, offerte sans retenue aux assauts du Bienaimé. Son visage ne montrait point la satisfaction que procure habituellement ce type de situation mais plutôt une résignation teintée de douleur. Le gamin Alexis Durieux, 13 ans alors, avait senti l'air se raréfier au fond de sa gorge jusqu'à provoquer des quintes de toux qu'il s'était empressé d'aller évacuer plus loin, à l'abri des oreilles indiscrètes. Alexis avait pleuré. Plus que n'importe quelle fois, à part celle où il avait chopé une double otite vers l'âge de sept ans. Cela confirmait tout ce qu'il avait pu voir, ressentir dans cette enceinte du diable. Les gens lobotomisés se lançaient de mièvres sourires qui ne cachaient pas les détresses sourdes des regards perdus.

Alexis tentait de protéger Max du venin de ces serpents mais l'enfant était trop malléable et ne comprenait pas. Alexis lui-même semblait se laissait progressivement happer par le cyclone de la secte.

Alors les flots de la solitude aseptisée l'avaient définitivement contraint à une vie de reclus. Il en voulait à mourir à son père qu'il portait aux nues et qui avait fait de sa famille des poupées de chiffon que l'autre Bienaimé au triste nom prenait soin de piqueter de ses aiguilles de marabout. Son papa, Pierre, celui-là même qui l'embrassait, lui dévorait le visage de baisers, celui-là même qui jurait tous ses grands dieux que même un train lancé à pleine vitesse ne l'empêcherait pas de rendre ses enfants heureux. Oui, ce paternel fort et ambitieux qui n'était aujourd'hui qu'une ombre de plus au service de la folie d'autres ombres.

Bien sûr, la famille avait tout abandonné, brisé les liens des proches, des amis. Le parcours d'intégration dans la secte élaborait un plan parfait de déconnection qui permettait d'endormir l'entourage. On ne coupait pas entièrement les ponts. On disait juste qu'on était parfaitement maître de ses décisions et qu'on avait choisi une nouvelle vie, comme un expatrié qui préfère un autre pays.

Voilà. Bonne journée, Messieurs-Dames.

Le peu d'argent des Durieux, économisé grâce à vingt années d'un morne labeur, nerf de la guerre pour le groupe, avait servi la communauté car la communauté avait des besoins.

Il y avait « l'école » aussi. Alexis se voyait enseigner des préceptes sur le monde. Ici pas d'orthographe, pas de grammaire, point de mathématiques. Ici, c'était la dénonciation des fous du dehors, des fous qui n'avaient rien compris, qui se vautraient dans une société empreinte de luxure et de débauche.

Le professeur des enfants était d'une formidable sournoiserie, peut-être l'un des plus grands cerveaux du domaine. Il savait utiliser les enfants à son avantage, dans tous les sens du terme. Il y avait une maison, ironiquement appelée maison blanche de par la couleur craie de sa façade, dans laquelle le professeur entrainait les enfants qui semblaient ne pas comprendre l'intégralité des leçons. On les en voyait ressortir quelques minutes plus tard, le teint aussi blanc que les murs du bâtiment. Alexis s'en était toujours plutôt bien sorti car il était fin. Intelligent, le môme. Fuyant. Mais le serpent est rapide et il n'avait pu empêcher M. Fournil de lui presser l'entrejambe avec insistance un beau matin du mois de mai, à la fraîcheur aussi inhabituelle que les émotions ressenties par le petit.

Les sévices sexuels étaient dosés. Juste au bon moment. Juste quand il fallait, à l'instar des sévices corporels. On ne tuait pas ici. On faisait revenir la viande à petits feux. On assaisonnait. On épiçait.

Pour mieux déguster.

La mère d'Alexis, déjà si soumise à son mari, était devenue un zombie à la sauce Romero. Elle n'entendait guère les plaintes de ses enfants qui s'étaient donc exonérés de sa protection. Elle n'était déjà pas capable de se protéger elle-même.

Dans cette caverne mentale, Alexis avait gardé une bougie vacillante qui éclairait ses neurones. Comme un ressort non brisé, une fleur perce neige.

Un matin que son père avait asséné une claque monumentale à Max, Alexis avait pris sa décision. Son petit frère était tombé en arrière, sa tête avait heurté le montant en bois de la porte derrière lui. Alexis l'avait regardé, tétanisé, attendant que les pleurs se déchainent. Sauf que Max avait mordu ses lèvres à les déchirer, puis passé les deux mains par-dessus sa tête en la frottant de toutes ses forces. Il voulait en évacuer la douleur, une douleur intense, matérialisée par un immense œuf de poule qui jaillissait à travers sa crinière blonde. Et puis le petit avait levé ses yeux vers son père, droit comme un I devant lui, les bras ballants comme un fou dans un hôpital psychiatrique qui attendrait qu'on vienne le chercher pour le ramener dans sa chambre.

Sauf que Max le regardait sans le voir car Max avait le regard trouble, le même que celui d'un enfant qu'on sort de l'eau au dernier moment alors qu'il se noie ou celui du boxeur qui prend le plus gros uppercut de sa vie et ne se situe plus sur le ring. Ce regard-là avait détruit le peu d'espoir enfoui en Alexis. Il l'avait entrainé dans des bas-fonds où le soleil n'est plus, où l'existence n'a plus aucun sens.

Les jours s'étaient écoulés, charriant leurs flots de boue entre des rives aux pics acérés. Alexis Durieux avait décidé de briser le joug. Il flottait par-dessus les tombes virtuelles de tous ses amis d'infortune. Alors un seul chemin se profilait.

La dernière issue.

Il regardait toujours autour de lui lorsqu'il entendit la détonation.

—On va te crever !

Il entendait les voix s'approcher. La meute était conduite par son chef, le Bienaimé.

Alexis se mit en branle. Un pas après l'autre, d'abord, puis une claudication. Et puis un rythme proche du footing. Le souffle ne venait plus dans ses poumons, c'était comme si du feu s'y déversait par la main du Puissant. Il dévalait une colline parsemée d'arbres. Son pied se prit une racine large comme un boa et il tomba en avant. Sa tête ne trouva rien de mieux à faire qu'à rebondir sur une caillasse de malheur, grosse comme le poing. Le sang gicla instantanément, puis inonda rapidement le visage du gamin qui s'en moquait. Ce qui l'embêtait c'est que ça coulait dans ses yeux et qu'il n'y voyait plus clair.

—Tu nous échapperas pas !

Merde.

Les voix, plus près.

Merde.

Alexis se mit à courir tout ce qu'il pouvait. Le ciel était limpide mais, bon Dieu, quel froid. Même en courant, il grelottait. Il faut dire qu'il ne portait pas plus qu'un tee-shirt et un short.

« Pas eu le temps de me changer, maman. Pas grave, je ne vais pas à un mariage. » C'était la phrase qu'elle sortait comme une rengaine à l'attention de son père quand celui-ci lui reprochait de ne pas assez s'apprêter lorsqu'ils sortaient. C'était la phrase du temps normal, avec des sorties normales, avec des gens normaux. La phrase avant que son père, puis sa mère, au détour d'une rencontre professionnelle soient happés, avalés par le pouvoir d'un redoutable psychopathe.

Il courait et pensait à Max qu'il avait laissé derrière lui. Alors le visage du petit transperça l'espace devant lui et une larme grosse comme un calot affleura au bord de ses yeux.

Du sang, des larmes. La mort au bout ?

Le silence total lui permit d'entendre le bruit des pas à sa poursuite. Son cœur courait à côté de lui sur cette pente de l'enfer, c'est comme s'il pouvait le voir et qu'il lui disait : « Eh, mec, j'arrive plus à suivre. Je crois que je vais m'arrêter là. »

La secte parviendrait-elle à l'annihiler physiquement, elle qui avait éteint depuis longtemps l'homme qu'il aurait dû devenir ?

Alexis courait. Il lui semblait descendre la pente est de l'Everest tellement ça n'en finissait pas de descendre.

Il entendit une nouvelle détonation. Plus près. Il se pencha en avant dans ce réflexe ridicule qu'ont les gens qui pensent pouvoir aller plus vite qu'une balle. Pourtant, il l'entendit siffler, passer au-dessus de lui et lui susurrer : « La prochaine fois, je te louperai pas. »

Alexis pris conscience qu'ils allaient plus vite que lui. Ils étaient deux, c'était sûr. Fournil, le prof sympathique aux punitions rapprochées et le patron, le Bienaimé, Costier. Ce dernier était un athlète imposant. Rien à voir avec les gourous de pacotille à la barbe longue et aux yeux cerclés de petites lunettes à la Woody Allen. Non, Costier avait des jambes fuselées, de larges épaules et quelques tablettes bien placées. Il courait régulièrement. Alexis l'avait surpris une fois qui quittait l'enceinte. Le roi a le droit, voyez-vous.

Le petit se savait rattrapé tôt ou tard. Il décida donc de tenter une autre stratégie. C'était à quitte ou double. La mort ou la vie. Mais sa vie était déjà la mort de toute façon.

Il aperçut une anfractuosité qui faisait une espèce d'arc de cercle. En s'y calfeutrant, il pourrait les laisser passer. Ça pourrait marcher.

Ça allait marcher.

Il se dirigea donc vers le petit réduit, cette grosse pierre qui n'avait rien à foutre là. Peut-être que Costier se dirait la même chose. Une chance sur deux. Alexis se glissa en dessous et sentit la roche s'enfoncer dans son dos. Il s'en moquait. Il aurait d'ailleurs pu s'empaler qu'il l'aurait fait plutôt que de se laisser prendre. Il étouffa un cri, essuya le sang qui inondait ses joues, nettoya ses yeux du revers de la main. Il serra les dents à s'en péter les incisives. Pour ne pas respirer, pour que le bruit n'existe pas. Son cœur matraquait ses côtes comme un joueur de fléchettes martyrise sa cible. Alexis attendit.

Moins d'une minute plus tard, les pas se rapprochèrent. Alexis ferma les yeux, serra les poings. Il entendit les deux hommes qui se demandaient s'ils pourraient le rattraper. Le petit Durieux pria pour que sa grosse pierre passe inaperçue. « Mais, non, elle est pas là. C'est juste un mirage, comme une oasis dans la forêt. Passez votre chemin. Dévalez la pente. Et puis en bas, fracassez-vous bien vos gueules de démons ».

Il garda les yeux fermés, sûr qu'ils allaient venir vers lui et lui balancer un pruneau entre ses deux yeux d'ado. Mais non. Ils s'arrêtèrent à peine. Repartirent. Et Alexis vit ces dos qu'il connaissait par cœur. Ces deux grands gaillards qui continuaient leur route, à la recherche du gamin qui allait mettre leur cirque sous les feux de la rampe et leur montrer que la piste aux étoiles, ce n'est que pour les artistes.

Il faudrait rester là le temps qu'il faudrait. Le temps qu'il serait sûr de pouvoir s'en aller.

Max. Max. Max.

Mon p'tit frère.

Alexis pleura.

Vers 2h30 du matin, mais l'heure n'était pas un problème pour Alexis, il décida de tenter sa chance.

Depuis plus de cinq heures, plus aucun bruit ne lui était parvenu sauf peut-être celui des hôtes des bois (comme il aurait aimé qu'on lui enseigne de nouveau Lafontaine), renards, marcassins et toute autre bestiole qui rôdaient dans le coin. On y voyait autant que dans un puits mais Alexis se remit à descendre. Il chuta plus d'une fois, les yeux écarquillés. Il n'y avait pas de lune. Cette nuit, elle avait préféré donner un coup de main au gamin en tirant la couette par-dessus son croissant. Il poursuivit sa route, aux aguets, mais rien ne vint perturber sa progression. Au bout d'interminables minutes, Alexis distingua un autre serpent en bas. Sauf que celui-ci était mieux.

Celui-ci semblait super gentil.

L'arc de cercle bitumé d'une route.

Il s'y précipita car le reflet plus clair lui donnait un repère, comme un flambeau dans le noir. En mettant le pied dessus, en laissant cette satanée pente derrière lui, en sentant le contact rêche et dur du revêtement, Alexis laissa un sourire barrer son visage de gosse. Il ne se rendit même pas compte que c'était son premier sourire depuis deux ans.

Il se mit à marcher au bord de la voie, presque léger malgré les douleurs qui le tenaillaient. Il fit une cinquantaine de mètres. Il allait passer de l'autre côté du virage et pourrait alors situer sa position. Etait-il vraiment dans la pampa ? Ou pas trop loin d'un bled quelconque ?

Le virage commença à se redresser. Il se tendait petit à petit pour se faire rectiligne au fur et à mesure qu'il progressait, comme un dessin animé au ralenti. Ses pas ne faisaient aucun bruit. On entendait des cris de hiboux. Normal pour un bois contrairement à un gamin de 14 ans seul sur une route au milieu de la nuit.

Pas de lune.

Le reflet du bitume.

— Tu ne croyais pas que tu t'en sortirais quand même ?

Alexis tomba sur les fesses. Il entreprit de se relever, affolé, mais la main serra son avant-bras comme un étau.

Il était sorti des limbes, aussi furtif que l'ombre qu'il était.

Il se retrouvait face à face avec le boss. Le tortionnaire. Alexis attendit que l'autre lui tranche la gorge ou lui mette une balle de suite, mais il se contentait de regarder sa proie. Son œil avait la couleur de cette nuit, mais il le savait déjà.

Cet iris avait hanté le gamin depuis des mois, le confinant à la folie. Le type avait la plus grande perversité manipulatrice que le monde ait portée, jouant des mots comme une musique de Mozart, hypnotisant ses adeptes comme le serpent dans le livre de la jungle. Malgré sa force de caractère, la dépendance mentale d'Alexis à son égard était quasi complète. Costier le savait. C'est pourquoi il gardait un calme olympien.

—Tu sais bien que tu ne peux t'échapper. Tous ces morts….enfin, tu le sais bien.

Il avait parlé d'une voix rauque, comme s'il en jouait à cette heure avancée, comme s'il redoublait volontairement de dramaturgie pour mieux endormir l'enfant.

—Tu vas rentrer avec moi et on devra s'expliquer. Par contre, avec mes détails, si tu vois ce que je veux dire. Les flics vont débarquer, tôt ou tard. Peut-être te reste-t-il un ultime moyen d'accéder à ta propre résilience, Alexis. Mais il faut m'écouter avec attention. Me comprends-tu ?

Petit oui de la tête. Hypnotisme en route.

—Je vais te dire exactement ce qu'il faudra raconter. Alors tu vas passer devant et on rentre. Autant s'y mettre de suite. La pente est raide.

Costier se posta derrière le gamin et lui appuya la crosse de son fusil à canon scié dans le dos.

Adepte de la paix dans le monde mais pas trop quand même.

Les deux amis d'infortune commencèrent à grimper le talus. Au bout de dix mètres, Alexis revit sa vie défiler. Max s'imposa de nouveau à lui, comme un grain de sable permanent dans tout le rouage. Le jeune homme prit une décision irréversible mais c'était la seule pour lui, à ce moment précis de sa triste existence.

Il prit soin de faire un pas un peu plus long, planta son pied gauche dans le sol, un peu en retrait de son bassin, saisit une branche qu'il avait distinguée cinq mètres devant et imprima une rotation digne d'un champion de golf.

Alexis était certain que c'était foireux, aussi foireux que cette monstrueuse organisation. Mais il eut tort, une fois encore. Tout comme la grosse roche l'avait protégé plus tôt dans la journée, la branche se transforma en une arme redoutable et d'une précision aussi diabolique que sa victime.

Le Bienaimé reçut le bout de bois en pleine face. Il fut totalement pris au dépourvu par la soudaineté du geste. La violence du coup n'eut pas été plus grande si le gamin l'avait répété des dizaines de fois. Costier tomba à la renverse en poussant un cri, pas rauque cette fois, plutôt un cri de gonzesse, un cri de femme comme celui qu'il imposait à ses partenaires d'un soir. Le gaillard se serait relevé si le gamin n'avait pas été pris d'une frénésie de meurtrier aguerri. Il releva la branche à deux reprises, dessinant à chaque fois un arc de cercle aussi ample que son gabarit d'ado le permettait. Et, les deux fois, la branche s'abattit avec une force et une justesse irréelles sur le nez du type qui perdit connaissance.

Alexis reprit son souffle. Trempé jusqu'aux os, il frissonnait. Costier avait le pif défoncé, les bras en croix. Le sang lui coulait jusqu'au cou. Au bout de quelques secondes, il se mit à marmonner et à remuer doucement la tête. Alexis regarda partout autour de lui, tout comme la nuit derrière, dans l'enceinte, alors qu'il errait comme un fantôme.

Il saisit la branche d'une main qui lui criait de la laisser en paix.

Dix coups plus tard, comme l'on plante un clou dans une planche de bois, le nez de feu M. Armand Costier était rendu dans sa gorge.

La secte était morte.

Le visage d'Hubert Fournil, menottes aux poignets, fit le tour des médias planétaires. La secte du Bienaimé fit vendre plus de papier que les affaires d'état. On filma dans tous les sens ces corps de fermes perdus au milieu de la Creuse dont on apprit qu'ils avaient été légués par l'un des premiers membres à une société écran possédée par Costier et Fournil.

Une photo du visage défoncé du chef fut même publiée sans que l'on sache vraiment comment elle avait fuité.

Les flics et secours dépêchés sur place retrouvèrent cinq corps poignardés. Le reste des âmes, une cinquantaine de personnes en tout, fut extrait à corps et à cris et pour la plupart confiés à des instituts psychiatriques afin de tenter de les laver de leurs souillures mentales.

La ferme du Bienaimé hanta les journaux jusqu'à ce qu'elle soit remplacée par d'autres affaires. L'être humain a une faculté d'oubli redoutable.

Deux garçons n'oublièrent pas. Alexis et Max avaient perdu leurs parents dans l'histoire puisque ces derniers faisaient partie des cinq trucidés. Alexis fut interrogé de longues heures après sa sortie d'hôpital. On l'avait nettoyé à grandes eaux, du sang des victimes qu'il avait tenté de secourir au mieux. On l'avait lavé à grandes eaux dans sa tête aussi mais ce nettoyage-là était plus compliqué et peut-être même que les saletés étaient trop imprégnées dans la moquette de son cortex.

Il raconta par le détail ce qui se passait dans ces locaux et il n'était pas rare qu'il voit les mâchoires des enquêteurs se décrocher à chacun de ses mots. Dans une vie de flic, on a rarement l'occasion d'entendre un gamin de 14 ans vous narrer l'enfer.

On demanda à Alexis comment il s'était enfui et s'il avait vu ce qui s'était passé pour les meurtres. Cinq cadavres lardés de plusieurs coups de couteau. Le gamin raconta comment Costier et Fournil avaient décidé d'éliminer les gens parce qu'ils devenaient dangereux pour les autres. La scène tenait de l'extermination de masse. Par contre, il ne savait foutre pas pourquoi ils avaient décidé de les tuer eux et pas les autres.

On chercha en vain l'arme du crime.

Alexis racontait cela avec le calme d'un gamin en ballade en bord de mer mais son capital psychiatrique était entamé.

Il put retrouver son petit frère environ trois semaines après les faits. Ce fut un déclic pour lui car une responsabilité germait en ses veines, celle d'être le père de substitution pour le petit.

Alexis fit son devoir.

Il faisait beau ce matin, on entendait gazouiller des oiseaux qu'on ne voyait pas. L'hôpital dans ce coin du Var était idéalement placé, il donnait même un point de vue sur la mer que n'auraient pas boudé certains touristes. Alexis marchait avec un nœud au fond du bide.

Il savait.

Max n'allait pas bien du tout et les propos du corps médical étaient lugubres.

La veille au soir, il l'avait eu au téléphone et le souffle ralenti de son frère ne trompait pas. Max avait déclaré son cancer deux ans plus tôt alors qu'ils allaient très bien tous les deux. Alexis venait de boucler sa trentième année et Max avait une passion dévorante pour Léa qui était devenue la pièce centrale de son existence. Alexis en ressentait une pointe de jalousie ridicule mais incontrôlée.

Le crabe s'était logé dans le poumon droit alors que Max n'avait jamais tiré la moindre taffe de sa vie. Le médecin avait haussé les épaules et souligné que cela n'arrivait pas qu'aux fumeurs mais que Max était jeune, en pleine santé et que les chances de guérison étaient élevées. Sauf que le crabe avait envoyé deux-trois de ses enfants visiter le pays interne du jeune homme. La famille était à l'œuvre.

Alexis souffrait par procuration au moins autant que son frère. Un lien plus solide qu'un nœud marin s'était tissé entre les frangins. Forcément, la secte et cette affaire les avaient aimantés. Il y avait entre eux une forme de gémellité, de fusion indicible. Alexis avait eu des conquêtes mais aucune assez puissante pour attraper un bout de son cœur. Il l'avait dévolu à son frère. Peut-être trop, peut-être que cela ne l'aidait pas à se construire lui-même. Peut-être que le psy avait raison.

Il était suivi depuis dix ans par un type bien qui avait su le redresser après ce qu'il avait vécu. Curieusement Max s'en sortait mieux mais son très jeune âge lors des faits devait l'y aider. Le psy lui répétait à l'envie qu'il lui incombait de se séparer de Max sur le plan de l'affect pour mieux avancer pour lui-même. Mais des relents de ces deux années de terreur revenaient sans cesse chez lui et il cauchemardait fréquemment.

Max restait donc la pierre centrale de l'îlot d'Alexis. L'idée de sa disparition était comme une amarre qui se brise. Un bras en moins.

Il pénétra dans l'hôpital vétuste. Alexis eut l'impression qu'on murmurait autour de lui, comme si tout le monde n'était plus concentré que sur ce qui allait se produire entre les deux frères. La paranoïa était aussi une des conséquences de la secte sur Alexis qui avait (trop) souvent l'impression que le monde entier était contre lui.

Lorsqu'il arriva, Léa était au chevet de son frère. Le visage émacié, avec sa barbe naissante, fut une lame de plus dans la glotte d'Alexis qui sentit ses yeux s'embuer de larmes. Il prit soin de sourire en s'avançant. La jeune femme se leva et l'étreignit. Ses yeux disaient tout. Ils étaient rouges. Elle semblait ne pas avoir dormi.

—Je vais vous laisser, Alex. Il faut que j'aille au boulot, tu comprends, j'ai déjà manqué les deux dernières journées et mon patron est un con…

—Bien sûr, vas-y. Je prends le relai.

—Au revoir, mon cœur, dit-elle en embrassant le front de Max.

Ce dernier eut un sourire qui tenait plus du rictus. Léa fit une caresse sur le bras d'Alexis en partant. Ce dernier tira la chaise et s'approcha tout près de Max.

—Alors, mon pote. J't'attends pour le footing ?

—Sans problème.

Max était épuisé. Ça sentait la fin. Il était maigre, squelettique même. Et souffrait le martyr. Alexis ne savait plus quoi penser. Il ne voulait pas perdre son frère et en même temps il ne voulait pas de cette torture.

« Ouais, mec. Tu veux quoi alors ? »

—Comment te sens-tu ?

—Mal. J'ai mal, frérot. J'en peux plus. Vraiment.

—Je comprends. Tu veux un verre d'eau ? Quelque chose ?

—Qu'on me foute la paix avec tous ces produits. Ça sert à rien de toute façon.

—Dis pas ça.

—Que veux-tu que je dise, Alex ? J'en peux plus. On s'est jamais rien caché ? Si ?

Max planta ses yeux corbeau dans ceux d'Alexis. Ce dernier lui rendit son regard. Il y cherchait la souffrance, le découragement mais y lut autre chose. Autre chose en lien avec la dernière question de Max.

—Alors ? répéta ce dernier.

—Alors quoi ?

—Alexis, je meurs, je pèse 40 kilos. J'suis foutu. T'as été un grand frère terrible, t'as fait le boulot des parents. Je t'en ai même voulu…

Une quinte de toux dantesque interrompit le fil de ses propos. Alexis redressa son frère en le penchant en avant pour qu'il expulse. En touchant son dos et les arêtes de ses os, il grimaça. Il n'y avait plus de peau ou presque.

Il tendit un verre d'eau et Max but une gorgée avant de se rallonger. Il mit du temps à respirer normalement. Alexis savait qu'il garderait aussi ces images à vie, comme des petits coups de poignards quand il serait mal, quand il n'arriverait pas à dormir ce qui était déjà son lot quotidien. A cet instant, sa projection de vie personnelle s'étiolait avec violence jusqu'à devenir floue, bien trop floue pour qu'il garde l'envie de continuer.

—Je t'en ai voulu, Alex, que tu ne vives pas assez ta vie. Je te l'ai dit plusieurs fois. Mais non, toi t'étais toujours derrière moi. Après les foyers, t'as tout fait pour qu'on soit ensemble. T'es mon grand frère chéri, Alex.

Max mit sa main osseuse dans celle d'Alexis dont la mâchoire s'était crispée.

—Mais il faut que je sache, Alexis. Tu comprends…je sais pas, j'ai besoin de savoir. Il faut que tu me dises. J'ai des images qui me trottent partout dans la caboche, et pas seulement le cancer.

—Mais de quoi tu parles ?

Le rythme cardiaque d'Alexis s'était élevé. Méthodiquement, comme un athlète qui accélère.

—Tu sais de quoi je parle, Alexis.

De nouveau ce regard sombre, fixe. A cet instant, il ne sentait plus la détresse physique de son frère.

—Tu veux savoir quoi, dit-il d'une voix pas assez assurée à son goût.

—Ce jour-là. Les meurtres. Les parents. Qu'est-ce qui s'est passé ?

—Pourquoi tu remues ça, je…

—Alexis, j'ai besoin de savoir. Je t'en supplie. Me demande pas pourquoi, je t'ai jamais trop questionné depuis mais il faut que je sache. Juste moi.

—Ils ont été tués, c'est tout. Costier et Fournil ont…

—J'ai une image qui m'a réveillé très souvent, je ne savais pas l'interpréter. Mais t'es dedans, tu…

—Et quoi ?

—S'il te plait, Alexis.

Max serra la main de son frère aussi fort qu'il le pouvait.

Alexis ferma les yeux. Une larme monta. Son cœur s'emballait. Il tourna le visage vers son frère, le regarda, passa sa main sur sa joue. Le bip du moniteur était une horloge de mort dans sa tête, la chambre lui apparut soudain très sombre, comme si une éclipse solaire avait lieu. Il se raidit sur sa chaise, comme si la transe commençait. Le passé, cloitré depuis 15 ans par l'amour qu'il portait à Max, par les mots de son psy, par son envie d'être le père de son frère, ce passé-là jaillit à travers chacun de ses pores. Il l'expira, l'expia, le sortit de lui comme on accouche de son premier-né.

Et puisque Max le suppliait, il parla.

Alexis est en short et tee-shirt, il fait froid. Hier, Fournil lui a décoché un coup qui aurait pu le tuer. Son père en a rajouté une derrière et lui a expliqué qu'il ne faisait pas le nécessaire, qu'il avait trop de merde dans la tête, que la vie d'avant était une tromperie, qu'ils s'étaient tous trompés, qu'il fallait qu'ils changent pour être des gens biens. Sa mère dodelinait de la tête derrière lui, elle avait dû prendre ses cachetons habituels. Elle s'était absentée presque deux jours, recluse dans un des corps de la ferme et Alexis avait vu Fournil et Costier en sortir à plusieurs reprises.

Il est 6h du mat, à peu près, et il fait plus froid que dans un frigo.

Alexis a une case en moins ce matin, il n'a pas dormi du tout, il a mal et il ne voit plus clair dans sa tête. Il sait pas quoi faire. Il doit peut-être se balancer contre le mur à plusieurs reprises jusqu'à ce que son crâne explose. Il hésite. Y a Max qui dort là-bas dans son lit de bébé alors qu'il a plus l'âge mais rien n'est normal ici. Il est dehors, y a personne mais ils vont se lever pas tard parce qu'ils vont galoper régulièrement, faire leur footing avant de revenir au camp. Il se penche en avant et vomit une bile transparente parce qu'il a rien avalé.

Et puis il a une espèce de disjoncteur qui s'éteint, il fait encore nuit dans cette baraque du diable, il a un interrupteur qui s'abaisse quelque part. Il s'en rend pas compte, Alexis. Il va dans la cuisine, il marche tout doucement, la grande cuisine centrale où tout le monde mange en silence en pensant à un putain de Dieu mystère qui doit venir les envelopper de sa bienveillance, comme dit le Bienaimé. Il a 14 ans, le gosse, il commence à s'étirer comme un fil de fer, il a des membres tous fins dont une rage nouvelle prend les commandes ce matin. Alors il arrive dans la cuisine, il ouvre un tiroir, il sait ce qu'il veut, il trouve l'instrument. Petit reflet dessus, ça fait « bling » dans la nuit. Alexis revient sur ses pas et pénètre dans les deux pièces du fond où ses parents, son frère et lui dorment. Il va vers le lit parental, y a deux formes dessus avec une couverture de merde parce qu'ici y a pas de couette. Ici la souffrance personnelle, le chiche font partie du chemin de croix. Il a le regard qui fixe plus, Alexis.

Il est ailleurs.

Ils ont réussi, au fond. Il a tout oublié de sa vie d'avant, oui Monsieur. En fait, elle est putain d'efficace, cette secte.

Il plante la lame dans le dos du père qui n'a pas le temps de comprendre qu'il reçoit un deuxième coup puis un troisième. Ça fait « floc floc » à chaque fois et ça pisse le sang de partout.

Sa mère se redresse mais la lame s'enfonce aussi vite entre ses seins. Elle essaie bien de se défendre mais ses mains prennent aussi et puis elle est tellement shootée qu'elle n'a déjà pas la force de marcher normalement. Alors Alexis finit le travail. Sa maman a les yeux et la

27

bouche ouverts en grand comme si elle regardait un truc incroyable à la télé du type les tours jumelles qui s'effondrent.

Y a un bruit sur le côté et y a Max qui est assis dans son lit. Alexis l'aperçoit dans la pénombre. Il le distingue plus qu'il ne le voit. Il a la tête tournée vers lui et se frotte les yeux. Alors Alexis met son index sur sa bouche comme pour lui dire de se taire.

Il fait demi-tour et décide d'aller de l'autre côté, là où dorment les « gardiennes », enfin c'est comme ça que Costier les appelle, ces espèces de saloperies de nanas qui font de la cuisine, plantent des haricots dans le jardin, et se frottent au maître dès qu'elles le peuvent. Elles mettent des coups aux gosses et font chambre à part avec leurs maris qui ont accepté le truc parce que le Bienaimé a toujours des raisons de faire ce qu'il fait. Elles sont pires que les autres parce qu'on voit bien qu'elles ont basculé depuis longtemps et que leur cerveau n'a plus de recul sur quoi que ce soit. Certains ont une marque indélébile reçue du trio. Un coup d'eau à cent degrés, ou des jolis tatouages qui proviennent du dessin d'un petit canif, histoire de stopper les velléités dès qu'elles se présentent. Des bouts de cicatrices partout, comme au temps des esclaves qui ne ramassaient pas le coton assez vite.

Elles s'en sont pris à Max une fois parce que le petit pleurait un peu trop fort. Chacune y est allée d'un coup sur les joues ou les fesses en promettant l'enfer au gamin s'il ne se tenait pas mieux.

Alexis avait voulu les étriper.

C'était pour maintenant.

Malgré ses cinquante kilos il fracasse le corps de ces femmes avec la même puissance que pour ses parents. La dernière lui fait peur car elle se réveille un peu trop vite et parvient à se mettre debout face à lui. Mais Alexis a perdu la raison. Avec une force venue des abysses, il la repousse violemment contre le mur, elle se cogne la tête et s'effondre comme on lâche un sac de pommes de terres. Le gamin s'assure qu'elle y restera en plantant la lame où il faut. Il a du sang sur lui, partout, et reste immobile un long moment. Son souffle est coupé, il a du mal à le reprendre.

Et puis ça commence à s'agiter. Il entend des bruits. Y a le coq qui se met à gueuler, ce putain de coq dont il a souhaité couper la tête chaque matin depuis son arrivée ici, ce putain de coq annonciateur d'une journée de plus dans le royaume des ombres.

Il sait que Costier est un des premiers levés, alors il sait que c'est lui qu'il entend. Alexis se met à galoper tout en tenant le couteau. Il traverse la cour. Il y a des volutes de fumées qui sortent de sa bouche. Il fait si froid. Il s'arrête, il se dit qu'il va aller chercher Max, il le faut, le petit ne survivra pas. Mais il aperçoit Costier qui le repère. Il est là-bas, tout au fond, il se tient debout, immense masse près de la maison blanche. Le Bienaimé sent que quelque chose ne va pas et commence à se diriger vers Alexis.

Il se met à courir aussi vite qu'il peut, se dirige vers la grille surmontée de dix centimètres de barbelés. Il parvient à y grimper, en se servant du couteau, en se griffant partout, en se faisant saigner lui aussi. Il se retrouve de l'autre côté mais ne se retourne pas. Il court, court, court, et puis en entrant dans la forêt, il tombe tête la première. Y a des étoiles partout, il sombre un peu, il avale un bout de terre.

Réveille-toi, il faut t'enfuir.

Le silence s'installa dans la chambre de Max comme on scelle un pilier. Il regardait Alexis. Il avait les yeux qui papillonnaient. Il avait toujours su. Mais il est des non-dits salvateurs, des secrets qui vous sauvent une vie. Alexis avait la tête baissée, pressée contre ses mains nouées derrière sa nuque.

Ni l'un ni l'autre n'avait rien à ajouter. Peut-être que le geste d'Alexis les avait en fait sauvés tous les deux. Peut-être pas. Mais au moins, Max savait.

Au bout de cinq bonnes minutes sans parler, Max rompit la chose en murmurant.

—Je t'aime, frangin. Je t'ai toujours aimé.

Alexis se pencha, mit sa tête contre le torse en bois de son petit frère et pleura comme jamais. Tout était là, dans cette pièce. Toute sa vie. Tous ses démons. Max se mourait et Alexis avait le poids de ses actes à porter.

Max caressa longtemps la tête de son frère jusqu'à ce que sa fatigue ne le lui permette plus.

Max fut enterré deux semaines plus tard dans le petit cimetière de Bagnols en Forêt parce que c'était un de ses endroits préférés. Léa fut très présente pour organiser les obsèques. Alexis suivait les évènements de loin, incapable de prendre des décisions, lui qui avait pris les pires qu'un être humain puisse prendre.

Il vécut l'enterrement les yeux secs, comme détaché. Léa avait peur pour lui car cette distance ne disait rien de bon. Elle tenta de le faire parler plusieurs fois, mais Alexis restait dans le mutisme, à l'écart des autres.

Alexis ne revint presque jamais sur la tombe de son frère. Il coupa les ponts avec son psy également malgré les messages insistants de ce dernier.

Il continua de travailler dans une grosse société spécialisée dans l'aluminium.

Sa vie était d'une affligeante routine, entrecoupée de désirs d'au-delà.

Le 25 mai 2014, Alexis Durieux fit la rencontre d'Elodie dans un bar. La jeune femme n'était point farouche et son enivrement lui fit faire des propositions clairement orientées à son ami du soir. Alexis hésita mais la belle était diablement bien roulée et il n'était pas contre une partie de bête à deux dos.

Il l'invita chez lui et une fois déshabillée, elle corrobora ses intuitions. La poitrine rebondie surplombait un bas ventre plat comme une règle et des fesses dessinées par des hanches en violon. Les deux amants s'en donnèrent à cœur joie et Alexis s'épancha plus d'une fois. La demoiselle émit son approbation par les cris répétés qu'elle adressa à son partenaire.

Et puis, vers 4h du matin, Alexis se leva. Il faisait lourd, il avait soif, il avait besoin d'une bière. Elodie semblait dormir.

Il descendit les escaliers, alla au frigo. La lumière de la porte éclaira faiblement l'espace et il fouilla jusqu'à trouver le graal.

Une 1664 à température.

Au fond, c'était une de ses meilleures soirées depuis la mort de Max.

Il fut d'autant plus surpris lorsqu'il tomba dans les pommes après le coup reçu à la tête.

Il était attaché à la table de sa propre cuisine via une grosse corde qui faisait le tour du plan de travail. Il eut du mal à ouvrir les yeux parce que la lumière lui tombait directement dessus. Il avait un orchestre de percussions qui donnait un concert quelque part entre son hémisphère droit et sa nuque.

Elodie se tenait devant lui, droite sur ses jambes, pieds légèrement écartés, nue comme tout à l'heure, quand Alexis la possédait. Il n'eut pas grand-chose à dire. Elle se chargea de résumer la situation.

—J'ai mis du temps à te retrouver. Beaucoup de temps.

Alexis cligna des yeux.

—Qui es-tu ?

—Une fille que tu as fréquentée.

Elle partit d'un rire teinté d'une démence qui fit peur à Alexis.

— Tu ne te souviens pas ?

L'homme fit non de la tête.

—Je suis Julia. Tu sais, la petite Julia du camp ? Je jouais avec ton frère des fois, enfin quand on nous laissait le temps.

Alexis fronça les sourcils avant d'ouvrir la bouche dans un réflexe non désiré.

—Putain…

Il n'arriva pas à sortir autre chose de sa bouche.

—ET T'AS TUĒ MA MERE ! ENFOIRĒ !

Alexis était complètement à l'ouest. Il n'arrivait plus à réfléchir.

—Mais de quoi tu parles ? Tu peux pas me détacher là ?

La jeune femme s'accroupit devant lui, dans un geste qui aurait pu être formidablement sexy dans d'autres circonstances. Elle montrait son anatomie de façon indécente à Alexis qui du coup la trouvait beaucoup moins attirante.

—Je t'ai vu ce jour-là, j'étais gamine, mais je sais ce que tu as fait. T'as tué maman.

Un sanglot ponctua la phrase.

— Elles restaient tout le temps toutes les trois, poursuivit-elle. C'était plus ma mère, mais moi je l'aimais quand même. Et toi, tu l'as tuée.

Il garda le silence. Il comprenait enfin. L'une des trois salopes, le chien à trois têtes du camp, le cerbère, était la mère d'Elodie, enfin de Julia. Alexis ne se souvenait pas de la petite mais son cerveau avait dissimulé un tas de choses de cette époque pour pouvoir rester en vie.

—Comment tu m'as retrouvé ?

Julia s'assit par terre, appuyée contre le meuble de la petite cuisine. Les jambes toujours à moitié écartées. Les seins fiers, hauts, les yeux entourés d'un coulis de maquillage, les cheveux tombant sur les épaules fines. C'était une magnifique jeune femme mais détruite. Dangereuse donc.

—Je t'ai cherché sur les réseaux sociaux. J'ai relu des articles de l'époque. Et puis un jour tu as ouvert un compte sur Facebook. Super tard pour ton âge, je me suis dit « Ce mec vit dans une grotte ».

Alexis tira sur la corde qui lui faisait un mal de chien au poignet.

—Et de fil en aiguille, je t'ai localisé. Je t'ai suivi un bout de temps. Je me suis même planquée derrière ton usine de merde plus d'une fois. Et tu sais quoi, Alexis ? Je t'ai trouvé trop beau. Vraiment. Et pourtant comme je te hais.

Elle tourna la tête vers lui, le feu dans les yeux. Il se dit qu'elle allait lui rendre la monnaie de sa pièce et pensa au gros couteau de boucher qu'il gardait dans un tiroir.

Ce fameux gros couteau. Oui celui-là que les flics n'avaient jamais retrouvé. Celui-là qu'Alexis avait mis trois jours à localiser dans la sinistre forêt plusieurs années après et qu'il tenait à garder. Il était retourné là-bas sans comprendre ce qui le motivait. Il avait alors compris qu'il lui restait des ordures plein la tête.

Cette fameuse arme qu'il avait enterrée avant de courir. Comme un trophée macabre, le rappel du monstre qu'il était.

Le souvenir de sa vie jetée aux ordures.

—Tu veux faire quoi au juste ? demanda-t-il.

—T'en penses quoi ? C'est trop tard, tu seras plus jugé pour ça. Je le sais bien. Je te mettrais bien les mêmes coups de couteau.

—Il fallait que je fasse quelque chose.

—Ah !

C'était sorti comme un cri. La fille était un peu folle. « Tout comme moi », se dit Alexis.

—J'avais 14 ans, Elo…Julia. 14 putains de balais. Et on crevait tous.

Julia tourna la tête de l'autre côté et resta silencieuse.

—T'avais pas besoin de les tuer, enfoiré.

Alexis se redressa autant qu'il le pouvait. La corde cisailla un peu plus son poignet et il grimaça.

—Ecoute, Julia. Je ne sais même plus qui j'étais à ce moment-là. Je crois que j'étais possédé. Je crois qu'il nous avait tous possédés. Je crois qu'en fait ils ont parfaitement réussi leur coup. La preuve, tu es là. Tu vois bien qu'on n'est plus normaux, tous les deux. Tu viens là, je te saute, alors que j'ai tué ta propre mère ? Pourquoi tu fais ça ?

Elle lui jeta un regard et Alexis comprit le petit truc bizarre qu'il lut dans ses yeux. Putain. Elle avait vraiment flashé sur lui. Comme on aime son bourreau. Ou son sauveur. Il comprit qu'il était peut-être sa thérapie aussi, qu'elle ne savait pas si elle devait le remercier ou le haïr. Et puis on couche parfois avec son psy.

Elle gémit de nouveau et se mit à pleurer un peu plus fort cette fois.

—Ils t'ont eue toi aussi. J'ai tué des gens, Julia. Tu imagines ? Mes propres parents, nom de Dieu ! Je vis avec ça depuis quinze piges. Mais on allait tous crever de toute façon. Nos parents nous faisaient crever avec eux.

—T'aurais pas dû les tuer, murmura-t-elle.

—Non. Je n'aurais pas dû.

Alexis baissa la tête, le bras tendu vers la gauche. Il en avait assez de tout ça. Ça le poursuivrait toute sa vie en réalité. Ils finissent toujours par gagner ces guignols.

—T'aurais mieux fait de chercher à te soigner, rajouta-t-il.

Elle ne répondit pas.

—Je suis désolé pour ta …

—NON ! Ne dis pas ça. C'est pas vrai.

Julia se remit à pleurer. Elle confirmait son instabilité mais Alexis la comprenait. Comme il la comprenait.

— J'n'ai pas vécu depuis cette histoire, poursuivit-elle. Je n'ai pas vécu, tu entends ? J'ai survécu. Ah ouais, je fais bien les grimaces qui vont bien, elle est sympa Julia, elle est drôle, mais moi je suis cassée là-dedans (elle se frappa entre les seins). Tu entends ? Cassée. Je suis morte, d'ailleurs j'ai essayé plein de fois de me foutre en l'air mais je ne suis pas assez courageuse. Je ne le suis pas.

—Détache-moi, Julia. Ça ne t'emmènera pas beaucoup plus loin ce que tu fais.

De façon très brusque, la jeune femme se redressa, toisa Alexis pendant un temps qui lui parut interminable et ouvrit un tiroir.

Merde, pensa Alexis.

Elle en sortit le couteau. Alexis pensa : « Si tu savais que c'est celui qui a tué ta mère »

Il la vit se diriger vers lui. Deux alternatives : elle était totalement cinglée, irrécupérable et il allait voir ses boyaux se vider devant lui. Ou alors il essayait de la faire tomber.

Mais il n'eut pas à agir.

Julia se mit à couper la corde qui le reliait à la table. Elle soufflait, hoquetait, pleurait. La corde était épaisse et elle eut les pires difficultés à terminer sa tâche. Enfin, lorsque le dernier filament se rompit, elle balança le couteau par terre dans un bruit assourdissant. Elle resta debout, mortifiée. Les yeux perdus dans le vide, à réfléchir à sa condition.

Alexis se redressa et lui posa les mains sur les épaules. Il la retourna vers lui et leurs yeux se croisèrent. Julia craqua une fois de plus et enfouit sa tête contre lui. Et puis, il l'embrassa. Parce qu'il ne savait pas quoi faire d'autre. Il tenait dans ses bras la fille d'une femme qu'il avait tuée quand lui-même n'était encore qu'un enfant. Alors il l'embrassa et elle enroula sa langue à la sienne, partagée entre dégout et volupté, entre désir et rejet.

Alexis agrippa ses hanches, passa ses mais sous ses fesses, la posa sur la table de la cuisine et pénétra la chair qu'elle lui montrait sans vergogne quelques instant auparavant. Ses coups de reins arrachèrent des cris à la jeune femme qui eut l'orgasme de sa vie, celui que vous avez lorsque votre cœur est scié en deux comme si vous alliez mourir demain.

Ils restèrent longtemps collés l'un à l'autre. Dans cette petite maison du Var, les deux enfants de la secte du Bienaimé s'étaient retrouvés. Au-dessus d'eux flottaient les ailes des démons qui les habitaient chaque jour. Les remparts de leurs vies avaient succombé aux assauts de la mer des ombres. Elle se donnait à lui comme pour exorciser la malveillance de ses parents, pour expulser toute cette crasse sous-jacente qu'elle gardait en elle, pour oublier ces gestes qui violaient l'anatomie de la petite fille qu'elle était alors.

Et au fond, elle le remerciait.

Six mois plus tard, Alexis retourna devant la tombe de son frère. La peine l'envahit comme un voile l'aurait enveloppé lorsqu'il vit le nom de l'homme de sa vie gravé sur le marbre. Le soleil fabriquait de petites gouttes d'eau qui collait sa chemise à sa peau. Il lui demanda pardon à plusieurs reprises pour lui avoir ainsi enlevé ses parents. Il comprit de nouveau, si besoin était, qu'il ne serait jamais complétement d'équerre dans la vie. Il était condamné à claudiquer.

Mais il était en vie.

Il tourna la tête. Julia était restée dans la voiture. Elle l'observait par la fenêtre passager avec un sourire de façade derrière lequel se peignait une immense solitude. Elle arborait ce drôle de visage qui disait « Je ne sais pas ce que je fous là. Je ne sais pas où aller. Il faut bien que j'avance. » Elle était là. C'était incroyable. Mais peut-être pas si dingue que ça. Où pouvait-elle se rendre maintenant si ce n'était avec lui ?

Alexis revint dans la voiture. Il s'installa au volant, la regarda mais elle fixait la route devant elle. Il démarra.

Les deux âmes brisées partirent ensemble.

Il ne sentit pas la masse d'air qui montait de la sépulture.

Le petit vent qui les accompagna un instant.

Le souffle de son frère qui l'invitait à vivre pour lui et pour lui seul.

Enfin.

Printed in Great Britain
by Amazon